CONGRÈS INTERNATIONAL

PSYCHOLOGIQUE

BORDEAUX DU 1 AU 4 AOÛT 1904

RAPPORTS

BORDEAUX

IMPRIMERIE G. GOUNOUILHOU

1904

VIIe Congrès International d'Otologie

BORDEAUX, du 1er au 4 août 1904.

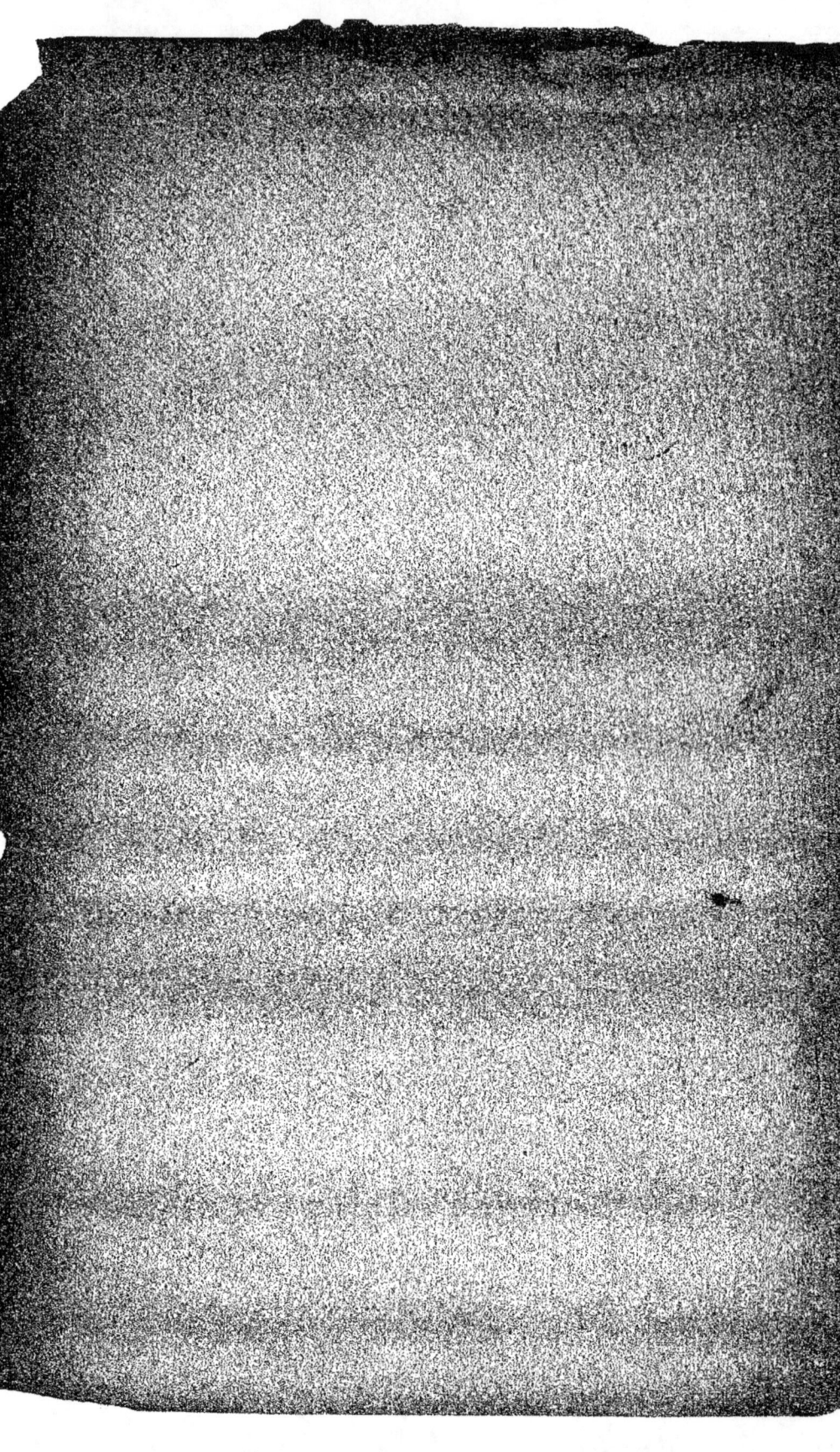

VIIᵉ CONGRÈS INTERNATIONAL

D'OTOLOGIE

BORDEAUX, du 1ᵉʳ au 4 août 1904.

RAPPORTS

1° **Choix d'une formule acoumétrique simple et pratique**, par MM. POLITZER, GRADENIGO et DELSAUX.
2° **Diagnostic et traitement des suppurations du labyrinthe**, par MM. BRIEGER, Von STEIN et DUNDAS GRANT.
3° **Technique de l'ouverture et des soins consécutifs de l'abcès cérébral otogène**, par MM. KNAPP, SCHMIEGELOW et BOTEY.

BORDEAUX

IMPRIMERIE G. GOUNOUILHOU

9-11, rue Guiraude, 9-11

———

1904

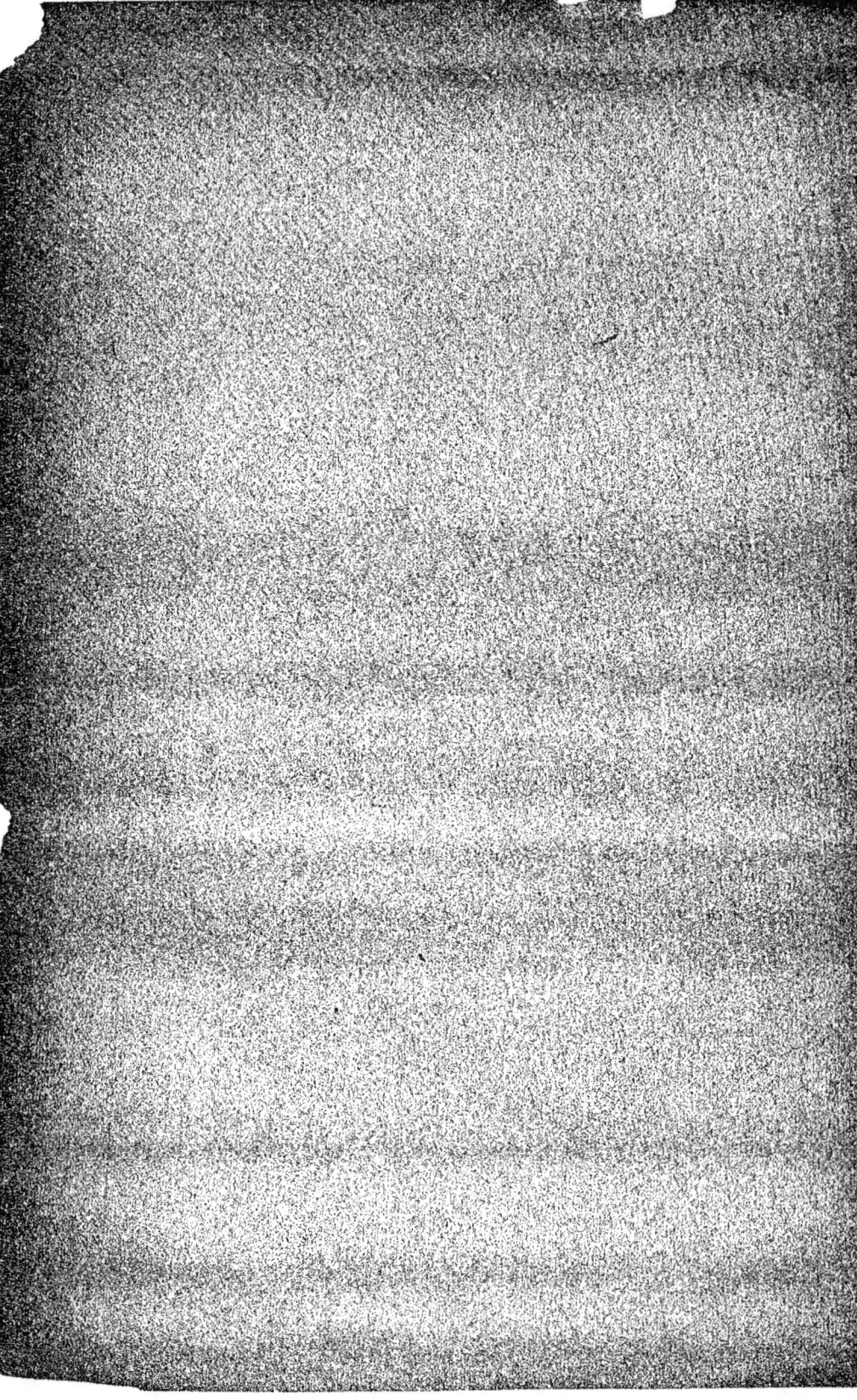

VIIe Congrès International d'Otologie

BORDEAUX, du 1er au 4 août 1904.

RAPPORTS

CHOIX D'UNE FORMULE ACOUMÉTRIQUE
SIMPLE ET PRATIQUE
(Résumé)

Par les Drs POLITZER, GRADENIGO et DELSAUX.

La formule que nous proposons pour la notation acoumétrique s'applique aux seuls cas de pratique courante ; s'il doit faire un examen détaillé de la fonction auditive, l'auriste emploiera les moyens de mesure et les instruments qui lui paraîtront les plus appropriés.

Notre travail est divisé en trois parties :

D'abord, nous passons en revue les méthodes servant à mesurer la capacité auditive, à l'état normal et à l'état pathologique.

Nous recherchons ensuite quelle est la meilleure façon de réaliser pratiquement l'examen de l'ouïe.

Vient enfin la détermination de la formule acoumétrique permettant de noter les indications principales que nous aurons recueillies.

CHAPITRE PREMIER

Examen de l'ouïe à l'état normal et pathologique.

Les différentes méthodes employées actuellement pour déterminer la capacité auditive ont fait l'objet, principalement dans ces dernières années, de travaux nombreux et précis, émanant aussi bien des physiologistes que des auristes. C'est en se basant sur les données de la physique moderne que l'on fut amené à étudier, à analyser les différents phonèmes constituant la voix humaine, dont la perception joue un si grand rôle dans nos relations journalières. C'est encore grâce à la physique moderne que l'on put déterminer les lois suivant lesquelles vibrent les diapasons et qu'il fut possible d'établir un rapport entre la capacité auditive pour la voix parlée et la perception de certains sons produits à l'aide des diapasons.

Il faut toutefois reconnaître qu'il existe encore dans cette étude bien des lacunes et que l'accord n'est pas établi entre les différents auteurs qui se sont occupés de cette importante question.

Pour ce qui concerne la voix, il est cependant démontré, grâce à l'emploi du phonographe, que les anciennes méthodes subjectives de détermination de la hauteur des sons doivent être abandonnées ou, tout au moins, qu'elles doivent céder le pas aux méthodes objectives qui fournissent des données bien plus exactes. Toutefois, l'étude des phonèmes constitutifs de la voix est encore incomplète et l'on n'est parvenu à déterminer jusqu'ici, de façon certaine, que la valeur des voyelles et non celle des consonnes. En approfondissant le problème, on a trouvé que la hauteur des sons constituant une même voyelle varie considérablement suivant certains facteurs parmi lesquels il faut placer, en première ligne, la langue ou le dialecte dont on se sert. Suivant la consonne qui précède ou celle qui suit la voyelle, suivant le rythme du vocable envisagé, etc., la hauteur d'une même voyelle présente de notables différences.

Quant à la portée ou distance maxima à laquelle, dans des conditions normales, les phonèmes constituant la voix sont perçus, on a reconnu que ni la hauteur des sons, ni la rapidité avec laquelle se fait l'expiration, pendant la *phonation*, n'ont d'influence directe. Les conditions de milieu dans lequel se fait l'examen, le degré du silence ambiant et surtout la plus ou moins grande facilité que possède le sujet en expérience de compléter ou de deviner, d'après un phonème déterminant, le reste du vocable, sont autant de causes capables de modifier considérablement les résultats obtenus.

D'autre part, on ne connaît encore que fort imparfaitement les rapports de perceptibilité d'un même phonème prononcé à voix basse ou avec la voix de conversation.

Si nous considérons les instruments habituellement employés pour la mensuration de la capacité auditive, nous rencontrons les mêmes difficultés, notamment pour fixer avec certitude la hauteur du son de l'acoumètre de Politzer ou celui de la montre, même si celle-ci possède un fort tic-tac. Pour l'acoumètre de Politzer, l'un de nous a trouvé, par le calcul, une valeur oscillant entre 400 et 468 vibrations doubles (Gradenigo).

Nous ne croyons pas nécessaire d'envisager les autres types d'acoumètres préconisés jusqu'ici; ces appareils sont peut-être en situation dans le cabinet de l'auriste, mais ils se prêtent mal aux exigences de la pratique courante.

Il existe pourtant des instruments donnant des sons d'intensité sensiblement constante et susceptibles, par conséquent, d'être utilisés dans la mesure de l'audition. Mais s'il est vrai qu'ils sont capables de produire des *tons* de *hauteur* bien définie, il est plus difficile de préciser l'*intensité* des *sons* qu'ils émettent. De là, les tâtonnements qu'ils entraînent dans leurs applications à l'acoumétrie.

Le type de ces instruments est le diapason. De prix mini-me, d'emploi commode et facile, le diapason, mis en vibra-tion de façon convenable, peut donner des sons suffisamment purs et exempts d'harmoniques.

Malheureusement, les opinions des différents expérimenta-teurs sont bien partagées sur le point de savoir de quelle façon l'intensité du son d'un diapason décroît par rapport à la durée de vibration. Ainsi, les affirmations de Bezold et d'Edelmann relatives à la mesure décrémentitielle, considérée par eux comme constante pour tous les diapasons, furent contredites par Schmiegelow, préconisant une méthode spé-ciale de mesure; pour Gradenigo, s'appuyant sur l'étude de photographies instantanées; par Quix et par Struycken, qui ont employé surtout les méthodes optiques de Gradenigo; par Ostmann, enfin, qui est l'auteur d'une méthode nouvelle d'acoumétrie objective.

On n'est pas plus d'accord sur les rapports existant entre l'amplitude des vibrations et l'intensité du son des diapasons; certains auteurs admettent, entre ces valeurs, un rapport simple; d'autres attribuent à l'intensité la valeur du carré de l'amplitude; d'autres encore (Quix et Zwaardemaker) pensent, d'après leurs expériences, que l'intensité est égale à la puis-sance 1.2 de l'amplitude $(i = a^{1.2})$.

Les valeurs relatives de l'intensité du son d'un diapason, aux différents moments de sa vibration, sont également très variables; aussi leur interprétation diffère-t-elle considérable-ment. L'appréciation de la mesure dans laquelle le son diminue, relativement à la distance, fait elle-même l'objet de certaines controverses.

Enfin, les divergences d'opinion qui dominent toute la physiologie de l'oreille moyenne et de l'oreille interne, et particulièrement la transmission du son par la voie osseuse, contribuent à rendre incertaines les interprétations des épreuves classiques de l'ouïe et surtout de celles que l'on fait à l'aide des diapasons.

On peut dire, en somme, que plus on approfondit l'état des connaissances actuelles sur l'acoumétrie, plus on entrevoit la complexité extraordinaire des recherches qu'elle nécessite et la difficulté extrême de l'interprétation à donner aux résultats obtenus.

CHAPITRE II

Les moyens simples et pratiques d'acoumétrie.

Nous n'insisterons pas sur les défauts des instruments actuellement en usage pour mesurer l'ouïe; leurs imperfections nous ont contraints à diviser l'examen fonctionnel de l'oreille en deux parties: *examen quantitatif*, ou mesure de l'acuité auditive; *examen qualificatif*, ou détermination des défauts de la fonction auditive pour certains sons ou pour certains segments de l'échelle des sons.

Comme nous l'avons vu plus haut, les instruments convenant particulièrement à la mesure de l'audition ne donnent généralement pas des sons purs, exempts d'harmoniques; par contre, ceux qui possèdent cette qualité, comme les diapasons, ne conviennent pas à la mesure de la capacité auditive. Nous souhaitons que le perfectionnement de nos connaissances puisse nous permettre, à l'avenir, de préciser la tonalité de nos instruments de mesure.

Avec Quix, nous pouvons ranger les différents phonèmes en trois catégories distinctes:

Ceux de la première catégorie, *zona gravis*, correspondent aux sons compris entre *ut* et *ut* ^{2}; ils sont normalement perçus à 6 mètres.

Ceux de la deuxième catégorie, que Quix appelle la *zona mixta*, sont compris entre *ut* et *fis* ^{4}; ils sont perçus par l'oreille normale à une distance de 14 à 16 mètres.

Les sons de la troisième catégorie, *zona acuta*, compris entre *ut* ^{3} et *fis* ^{4}, sont perceptibles normalement à 30 mètres.

Remarquons que l'examen de l'ouïe pratiqué à l'aide de la voix chuchotée nous donne non seulement des indications au point de vue de la perception quantitative, mais aussi, et dans certaines limites, relativement à la perception qualitative des sons vocaux. D'une façon analogue et bien que la hauteur des sons de la montre et de l'acoumètre de Politzer ne soient pas exactement définis, nous noterons qu'ils correspondent aux sons aigus de l'échelle tonale.

Dans la pratique, nous pouvons diviser l'acoumétrie en épreuves fondamentales et en épreuves complémentaires.

Les *épreuves fondamentales* comprennent :

A) L'examen avec la voix basse et avec la voix de conversation.

B) L'examen avec l'acoumètre de Politzer et la montre.

C) L'examen avec les diapasons, comprenant le Schwabach, le Weber, le Rinne, et enfin la détermination du champ auditif, suivant la conception de Zwaardemaker.

Entre autres, nous rangeons parmi les *épreuves complémentaires :*

a) L'examen avec la série continue des sons (Bezold);

b) La détermination du champ auditif, comme le comprennent Hartmann et Gradenigo, complétée par celle des limites supérieure et inférieure de l'audition;

c) L'épreuve de Corradi;

d) L'épreuve de Gellé;

e) L'examen de la perméabilité tubaire, selon le procédé de Politzer;

f) La réaction électrique du nerf acoustique, etc.

Nous n'avons à nous occuper que des épreuves fondamentales, dont nous pourrons tirer la formule acoumétrique qui fait l'objet du présent rapport.

A) *Examen au moyen de la voix.* — 1° Pratiquement, les trois catégories établies par Quix, pour la voix chuchotée, peuvent se réduire à deux : zone grave et zone élevée. Il faudra nécessairement déterminer des mots-types dans les différentes langues parlées (échelle *vocale*). On choisira de préférence des mots caractéristiques de la langue envisagée et, pour des raisons bien connues, on les intercalera pendant l'examen parmi des mots indifférents.

Nous n'avons pu reconnaître de caractère pratique à l'emploi de certains phonèmes simples, de langue latine, que l'on a proposés comme mots-types pour l'échelle vocale internationale.

2° Il n'est pas inutile de faire remarquer que l'examen avec la voix de conversation (puisque dans cette méthode d'examen on ne peut exclure la seconde oreille) n'est applicable qu'à certains cas : quand l'audition est sensiblement égale des deux côtés, ou bien quand l'oreille non examinée est beaucoup plus sourde que sa congénère.

B) *Examen au moyen de l'acoumètre de Politzer et de la montre*. — Malgré qu'il ne nous ait pas été possible d'obtenir des fabricants un type donnant sensiblement le même son, avec la même intensité, la montre est d'un si grand secours dans la pratique de tous les jours, son emploi est si commode et les indications fournies relativement à la perception auditive par voie osseuse sont si précieuses que nous croyons devoir la maintenir, comme mesure acoumétrique, jusqu'à ce que nous possédions un instrument plus exact (Politzer).

L'acoumètre de Politzer, nous l'avons dit plus haut, n'est pas exempt de reproches, mais les données qu'il fournit pour apprécier les troubles de l'ouïe de moyenne et haute intensité, nous ont engagés à le conserver dans l'arsenal instrumental acoumétrique. La façon de l'employer doit différer un peu, croyons-nous, de celle qui a été admise jusqu'ici. Pour obtenir un son d'intensité constante, il faut, au lieu de soulever le battant, du bout de l'index, pour le laisser ensuite retomber, laisser pendre librement ce battant et imprimer à l'instrument des mouvements d'oscillation, comme on le ferait avec une sonnette ordinaire.

C) *Examen à l'aide des diapasons.* — Afin de juger des troubles plus graves de l'ouïe, des lacunes dans l'échelle des sons, c'est aux diapasons que l'on doit s'adresser. Mais la divergence d'opinions des auteurs qui se sont occupés de l'appréciation de l'intensité du son vis-à-vis de la durée de vibration des diapasons est telle, que nous croyons prudent de ne tenir compte, pour l'heure actuelle du moins, que de la valeur du temps de vibration par rapport au seuil de l'excitation (Schwelle), pour chaque diapason considéré. Comme corollaire de ce qui précède, il faudra se rappeler que la durée de perception et l'intensité relative du son d'un diapason ne sont pas dans un rapport simple.

Les épreuves de Schwabach et de Weber se font avec un diapason donnant 128 vibrations doubles. Elles doivent être conservées, à notre avis, quelle que soit l'interprétation qu'on veuille leur attribuer.

L'épreuve de Rinne a été l'objet de critiques judicieuses relatives à la façon dont elle est généralement pratiquée. Mais, malgré ses imperfections, le Rinne exécuté avec un diapason donnant 64 vibrations doubles donne des indications précieuses en acoumétrie. Cette manière de faire est, au surplus, bien plus simple que les méthodes préconisées par Corradi et plus tard, par Bonnier, pour écarter les objections théoriques que l'on a faites à l'épreuve de Rinne.

Il est souhaitable de préciser la signification du terme : champ auditif, qui peut donner lieu à équivoque. On peut, en effet, l'interpréter soit comme désignant l'ensemble des segments et des lacunes constatés dans l'échelle des sons, soit comme l'ensemble des points de l'espace délimitant l'aire dans laquelle un son déterminé est perçu par l'oreille (similitude avec le champ visuel usité en ophtalmologie).

Dans cette dernière acception, nous croyons que le terme

« horizon auditif » pourrait être adopté (Gradenigo). Pour déterminer le champ auditif, il suffit, selon la proposition même de Zwaardemaker, de prendre quelques points fixes divisant l'échelle des sons en quatre zones principales :

1° La zone des contre-octaves ;

2° Le registre de poitrine de la voix chantée ;

3° La zone des voyelles ;

4° La zone des consonnes de tonalité élevée.

Les zones susdites sont respectivement comprises entre la limite inférieure de l'échelle tonale et ut (64 v. d.) ; entre ut et ut^2 (256 v. d.) ; entre ut^2 et fis^4 (2,880 v. d.). Nous proposons de substituer à ce dernier sol^4 (3,072 v. d.), qui ne diffère de fis^4 que par un demi-ton et qui appartient à l'échelle diatonique de ut.

Les diapasons ut^2 et sol^4 que nous emploierons devront être munis d'un marteau percuteur, dans le genre de celui que Lucae a adapté à son diapason fis^4, perfectionné par Quix, de manière à conserver la même force de percussion. Pour déterminer le seuil de l'excitation sonore, on appliquera sur l'une des branches du diapason ut, la figure macroscopique imaginée par Gradenigo. Pour ut^2, on emploiera la figure microscopique de Gradenigo-Struycker ; et pour sol^4 on se servira de la méthode de Schmiegelow.

Les diapasons du type Weissbach se prêtent mieux à la détermination du champ auditif que ceux du type Bezold-Edelmann à cause de leurs dimensions plus réduites.

Afin de fixer la limite inférieure des sons perceptibles, on peut se contenter des diapasons donnant respectivement 24, 32 et 48 vibrations doubles, correspondant à G2, G1, G1. Nous avons écarté le diapason donnant 16 vibrations doubles comme peu utilisable en pratique courante.

La limite supérieure sera établie non à l'aide du sifflet de Galton-Edelmann, trop coûteux et présentant certains inconvénients, mais au moyen des cylindres type Koenig, que le fabricant pourrait fournir à un prix modéré à condition d'avoir à en livrer un grand nombre d'exemplaires. Nous proposons d'adopter les cylindres donnant ut^6, mi^6, sol^6.

En résumé, la série des instruments nécessaires à l'acoumétrie pratique, telle que nous venons de l'exposer, nécessiterait une dépense d'une centaine de francs environ, y compris une montre acoumètre.

CHAPITRE III

Détermination de la formule acoumétrique.

Pour inscrire les résultats des épreuves fondamentales, nous proposons la formule que l'un de nous (Gradenigo) a présentée à Londres, au dernier Congrès international d'otologie. Elle est disposée sur deux lignes horizontales, afin de tenir le minimum de place dans les registres d'observations et dans les publications scientifiques. On pourrait, certes, la simplifier, mais alors il faudrait renoncer à enregistrer fidèlement certains résultats des épreuves acoumétriques fondamentales, sans lesquels, à notre avis, on ne peut se faire, dans les conditions actuelles de l'acoumétrie, une représentation exacte d'une ouïe donnée.

Dans certains cas on pourra négliger de noter, par exemple, les indications de la perception de la montre par voie temporale (Ht), ou bien les résultats de l'examen de la partie moyenne du champ auditif, etc.

Nous nous sommes servis de mots latins pour désigner les diverses épreuves de l'ouïe et, par abréviation, nous n'avons employé que la lettre initiale du nom de l'auteur de l'épreuve ou du moyen mis en œuvre. Voici la formule :

$$
\begin{array}{l}
 \text{S.} \\
 \text{A. D.} \\
\text{W.}\qquad \text{R. H. Hm. Ht. P. v. V.} \\
 \text{A. S.} \\
 \text{A. D.} \\
 \text{L. i. } ut. \; ut^2. \; sol^4. \text{ L. s.} \\
 \text{A. S.}
\end{array}
$$

A. D. signifie oreille droite *(auris dextra)*.

A. S. veut dire oreille gauche *(auris sinistra)*.

S représente l'épreuve de Schwabach. Elle doit se faire avec le diapason $ut = 128$ v. d. La perception au vertex est-elle normale, on ajoute le signe $\pm$; est-elle plus longue ou moins longue que normalement, on inscrit respectivement le signe $+$ ou le signe $-$. Il faut une différence de trois secondes en plus ou en moins que la normale, pour tenir compte de cette variation.

W est l'abréviation d'épreuve de Weber ; pour la réaliser, on emploie également le diapason ut (128 v. d.). Une flèche indique le côté où se fait la latéralisation ; l'absence de flèche veut dire que le W est central.

R signifie épreuve de Rinne ; elle se fait généralement avec ut (64 v. d.) ; mais on peut aussi employer un diapason de tonalité plus élevée tel que ut_3, etc., et dans ces cas, on notera après la lettre R, le diapason dont on s'est servi. Pour la notation des résultats du Rinne, on suivra les indications de Bezold.

Les mensurations qui suivent doivent être faites suivant l'axe du conduit auditif externe :

H veut dire : épreuve au moyen de la montre (Horologium). On indiquera, sous forme de fraction décimale simple, la distance à laquelle le tic tac est perçu par voie aérienne. Est-il seulement perçu au voisinage de l'oreille, contre le pavillon, on écrit : « prope » ; s'il l'est seulement au contact du pavillon, on note : « concha » ; n'est-il pas perçu, par voie aérienne, on note $H = o$.

Ht est le signe de : montre appliquée à la région temporale ou préauriculaire. On fait suivre Ht du signe $+$, si la montre est perçue, du chiffre o, dans le cas contraire.

Hm représente la perception de la montre à la région mastoïdienne.

P est la notation employée pour désigner l'acoumètre de Politzer. La distance à laquelle le son est perçu s'inscrit en mètres.

v exprime l'examen acoumétrique par la voix chuchotée *(vox aphona)*, prononcée avec l'air résidual (Bezold). De même que pour l'acoumètre de Politzer, la distance de perception s'inscrit en mètres, en admettant pour un mètre de distance une approximation de 5 centimètres; au-dessus de 1 mètre, l'approximation sera de 25 à 50 centimètres. On aura soin de noter, un à côté de l'autre, en les séparant par un trait d'union, les deux chiffres correspondants à la première et à la troisième zone de Quix (zone grave et zone élevée). Ainsi, v, 1-6, signifie que les mots de la zone grave sont perçus à 1 mètre; les mots de la zone élevée à 6 mètres.

Si la voix chuchotée n'est comprise qu'au voisinage de l'oreille, on note : v = prope; le malade entend-il seulement sans distinguer, on écrit : v = ∞; s'il n'entend pas du tout, on note : v = o.

V indique l'épreuve de la voix de conversation; on fait suivre cette lettre du nombre de mètres auquel la voix est perçue, exprimé comme plus haut pour la voix chuchotée.

Les résultats de la détermination de la limite inférieure (L. i.) des sons perceptibles dans l'échelle tonale, comme d'ailleurs la perception des sons de la partie moyenne de l'échelle *ut*, *ut²*, *sol⁴* s'inscrivent en centièmes de la durée normale.

Pour la limite supérieure (L. s.), on indique simplement le cylindre de Kœnig, le plus élevé dans l'échelle tonale, qui est encore perçu.

Vu les nombreux points qui restent à élucider ou à préciser dans cette difficile question de l'acoumétrie, nous formulons le vœu de voir instituer une *commission permanente internationale des mesures acoumétriques*. Cette commission se réunirait une fois par année et ferait un rapport à chaque Congrès d'otologie (Delsaux).

DIAGNOSTIC ET TRAITEMENT
DES SUPPURATIONS DU LABYRINTHE
(Résumé)

Par le D' **BRIEGER**, de Breslau.

THÉORIE DE LA SUPPURATION DU LABYRINTHE. — La trépanation totale peut amener la guérison spontanée de la suppuration labyrinthique. Mais, dans d'autres cas, et ils ne sont pas
rares, la suppuration, latente jusqu'au moment de l'opération,
devient manifeste par elle et provoque une méningite fatale.
La trépanation radicale, si elle s'arrête devant un labyrinthe
suppuré, peut rendre le cas plus grave qu'il n'a été aupara-
vant. Les indications pour l'ouverture du labyrinthe malade
demandent à être assurées par une expérience plus grande
sur ce chapitre. D'après nos opinions actuelles, l'ouverture du
labyrinthe paraît indiquée :

Otite moyenne suppurée aiguë. — Quand, dans le cours
d'une otite moyenne aiguë, avec un changement très marqué
de l'état général (collapsus ou augmentation de la tempéra-
ture), des troubles graves dans l'équilibre, avec nystagmus et
surdité rapidement progressive, se présentent ;

Quand, en présence de symptômes labyrinthiques, des
manifestations méningitiques apparaissent, — le résultat
de la ponction lombaire étant tel qu'il voudra.

Ici une restriction est relative à la suppuration post-scar-
latineuse, où, en raison de la santé relative de la méningite
mortelle, l'expectation est permise.

Otite moyenne suppurée chronique. — *a)* Les lésions sont
visibles par les différentes parties de l'oreille moyenne :

Après la trépanation totale, apparaissent des troubles graves de l'équilibre à presque chaque changement de position,
la brèche opératoire étant normale ; ou ces troubles, existant
avant l'opération, persistent sans modification ; ou, après
une courte amélioration, augmentent ; et le nystagmus

augmente ou change de type. Cette indication devient pressante, si en même temps le résultat de l'examen fonctionnel change de façon caractéristique et les symptômes méningitiques s'associent.

Le labyrinthe doit être ouvert immédiatement après la trépanation totale si, avec les symptômes décrits, la ponction lombaire donne un résultat positif, c'est-à-dire montre la présence des cellules de pus dans le liquide cérébro-spinal.

Il existe des fistules labyrinthiques :

b) Quand, après libération *Entlastung* d'une fistule du canal horizontal par la trépanation totale, les symptômes labyrinthiques graves persistent;

Quand la présence de plusieurs fistules, conduisant sûrement dans la cavité labyrinthique, indique l'existence d'une suppuration labyrinthique étendue.

Quand, après la mise à découvert des foyers endocraniens de suppuration (abcès extra-duraux profonds et empyème du saccus endolymphaticus, abcès du cervelet), la relation avec le labyrinthe est manifeste.

Les contre-indications de l'ouverture du labyrinthe sont négligeables quand le diagnostic est exactement posé. L'ouverture opératoire d'un labyrinthe normal, à la suite d'un diagnostic erroné, est de beaucoup moins grave que la communication accidentelle entre le labyrinthe et les cavités de l'oreille moyenne par blessure de la membrane fenêtrée pendant la trépanation totale. Dans les cas de suppuration labyrinthique, la blessure du facial importe aussi peu que le sort du pouvoir acoustique. La paralysie faciale persistante peut être évitée généralement; le pouvoir auditif se perd même dans les cas non opérés et guéris spontanément.

La coexistence d'une complication endocranienne est raison de plus d'attaquer le labyrinthe. Dans la méningite suppurée d'origine labyrinthique, l'ouverture du labyrinthe, avec les autres interventions contre la suppuration méningée, donne seule des chances de guérison.

Méthode d'ouvrir le labyrinthe. — En l'état actuel de nos connaissances, tant que l'élimination totale du foyer de suppuration est impossible, le but du traitement est la transformation de l'empyème labyrinthique fermé, plus ou moins dangereux, ne communiquant pas ou peu par des fistules relativement étroites avec l'oreille moyenne, dans la suppuration ouverte du labyrinthe de nature plus bénigne. L'ouverture du labyrinthe doit être exécutée de façon que l'extraction des séquestres, des cholestéatomes, etc., puisse se faire aussi radicalement que possible.

Quand il n'existe pas de fistules, on ouvre le labyrinthe par l'endroit où généralement il se fait des communications entre l'oreille moyenne et le labyrinthe. Conformément au rôle que jouent les désordres statiques dans la maladie, l'ouverture commence généralement par le conduit horizontal. Le plus souvent, quand par cette voie une suppuration vestibulaire est reconnue, il faudra ajouter une ouverture plus large du vestibule par excision de l'étrier et agrandissement de la fenêtre vestibulaire.

L'ouverture seulement du canal semi-circulaire n'est pas suffisante, ainsi que des examens anatomiques l'ont démontré, pour effectuer le drainage du labyrinthe dans l'oreille moyenne. Si les symptômes labyrinthiques ne disparaissent pas après l'ouverture du vestibule, et si l'examen fonctionnel démontre une altération plus ou moins complète du limaçon, il faut ouvrir le limaçon par le promontoire. S'il existe une fistule entre le promontoire et le limaçon, il faut avancer par cette voie. Le danger de blesser la carotide est évitable.

Dans les cas d'abcès extra-dural profond de la paroi postérieure du rocher et d'abcès du cervelet, si leur origine labyrinthique est reconnue par l'opération, on peut ouvrir le vestibule par derrière, après avoir abattu le canal supérieur et, si nécessaire, le canal inférieur. Outre le danger d'une lésion du sinus pétreux supérieur, il faut surtout compter avec la possibilité de blesser le golfe de la jugulaire si elle est haut située.

Le choix de l'instrument (gouge, fraise) pour ouvrir le labyrinthe est indifférent. L'emploi de l'adrénaline facilite la reconnaissance de l'état de la paroi labyrinthique, surtout de la région fenêtrée.

Les soins post-opératoires ne diffèrent pas, par le fait de l'ouverture du labyrinthe, de ce qui est en usage après la trépanation radicale. Tant que le drainage est nécessaire, il importe de tenir largement ouvertes les cavités du labyrinthe (tamponnement léger). S'il existe des masses cholestéatomateuses, une transplantation immédiate des cavités labyrintiques largement ouvertes est permise.

Effets de l'opération. — Guérison complète avec affection de la cavité arachnoïde susceptible de régression; parfois arrêt temporaire, même dans le cas de méningite suppurée bien établie. Dans les cas qui guérissent, les troubles de l'équilibre rétrocèdent lentement, parfois plus tard que le nystagmus qui les accompagne. Le pouvoir auditif se perd dans la grande majorité des cas, ou bientôt après l'ouverture du labyrinthe, ou plus tard.

(L'exposé de la bibliographie est réservé pour le développement détaillé du sujet pendant la discussion.)

LABYRINTHEITERUNGEN

Par le D' **BRIEGER** de Breslau.

THERAPIE DER LABYRINTHEITERUNGEN. — Die Totalaufmeisselung kann die Spontanheilung von Labyrintheiterungen einleiten. Nicht selten werden indessen in anderen Faellen nach ihr Labyrintheiterungen, welche bis dahin latent bestanden hatten, manifest und finaler Meningitis zugeführt. Die Totalaufmeisselung bei Labyrintheiterung kann, wenn sie vor einem mit Eiter erfüllten Labyrinth Halt macht, den Prozess leicht gefährlicher als er bis dahin war gestalten. — Die *Indikationen für die Eröffnung des erkrankten Labyrints selbst* bedürfen noch exakterer Festlegung auf der Grundlage ausgedehnterer Erfahrungen. Nach unseren gegenwärtigen Anschauungen erscheint die Eröffnung des Labyrinths angezeigt:

Bei akuter Mittelohreiterung. — Wenn im Verlaufe einer akuten media plötzlich unter wesentlicher Veränderung des Allgemeinzustands (Kollapserscheinungen oder auch Temperaturanstieg), schwere, bei post jeder Veraenderns der Lage eintretende Bleichgewichtsstörungen mit Nystagmus und rasch fortschreitende Schwerhörigkeit, bezw. Taubheit sich eins tellen;

Wenn bei Vorhandensein labyrinthärer Symptome meningitische Erscheinungen gleichviel mit welchem Lumbal Punctions befund sich entwickeln.

Eine Einschränkung betrifft hier insbesondere die Scharlacheiterung, bei welcher mit Rücksicht auf die relative Seltenheit sekundärer lesaler Meningitis ein exspectatives Verhaltencher zulässig ist.

Bei chronischer Mittelohreiterung. — a) Bei Auwesenheit von den Mittelohrräumen aus sichtbarer Veränderungen:

Wenn nach Totalaufmeisselung schwere, bei fast jedem

Lagewechsel eintretende Gleichgewichtsstörungen sei es erst auftreten und dann bei normalem Merhalten der Operationshöhle anhalten, sei es, schon vor der Operation vorhanden, unverändert persistieren, sei es gleich oder nach kurz dauernder Besserung sich verstärken und, wenn dabei der Nystagmus sich steigert, bezw., seinen bisherigen Typus ändert. Diese Indikation wird dringend, wenn gleichzeitig das Ergebniss der Functionsprüfung sich in charakteristischer Weise verändert, und meningitische Symptome hindtreten.

In unmittelbarem Anschluss an die Totalaufmeisselung ist das Labyrinth zu eröffnen, wenn zu den geschilderten Symptomen noch ein positives Ergebniss der Lumbalpunction, im Sinne der Beimengung von Eiterbestandteilen zum Liquor, hinzukommt.

Bei Vorhandensein von Labyrinthfisteln. — b) Wenn nach Entlastung einer Fistel des horizontalen Bogengangs durch die Totalaufmeisselung schwere Labyrinthsymptome fortbestehen;

Wenn das Vorhandensein multipler, sicher in die Hohlräume des Labyrinths führender Fisteln das Vorhandensein ausgebreiteter Labyrintheiterung anzeigt; wenn bei Freilegung endokranieller Eiterheerde (tiefe Extraduralabscesse einschl, des Empyems des Saccus endolymphaticus, Kleinhirnabscesse) ein Zusammenhang mit dem Labyrinth sich ergibt.

Kontraindikationen gegen die Eröffnung des Labyrinths kommen bei exakter Diagnosenstellen nur wenig in Frage. Operative Eröffnung des normalen Labyrinths im Fall einer Fehldiagnose ist erheblich weniger gefährlich, als die bei Totalaufmeisselung durch Verletzung einer Fenstermembran herbeigeführte Kommunikation zwischen Labyrinth und Mittelohrräumen. Auf den Facialis kann künnte in Fällen nachgewiesener Labyrintheiterung ebenso wenig, wie auf die Hörfähigkeit Rücksicht genommen werden; bleibende Facialislähmung ist in der Regel vermeidbar; das Höyvermögen geht, in den sich selbst überlassenen Fällen, auch bei Spontanheilung mehr oder weniger verloren.

Das gleichzeitige Vorhandensein endokranieller Komplikationen ist nur ein Grund mehr, gegen das Labyrinth vorzugehen. Bei eitriger Meningitis labyrinthären Ursprungs gewährt die Eröffnung des Labyrinths neben anderen gegen die meningeale Eiterung direkt gerichteten Massnahmen allein Heilungschancen.

Methodik der Labyrintheröffnung. — Die Aufgabe der Therapie wird dem gegenwärtigen Stande der Erfahrungen soweit nicht die vollstaendige Elimination des Eiterheerde möglich ist, in der Ueberführung der gefährlicheren Form des mehr oder weniger geschlossenen « Labyrinthempyems », welches gar nicht oder nur durch relativ enge Fisteln mit dem Mittelohr kommunirert, in die gute ligere Form der offenen Labyrintheiterung erblickt. Die Freilegung des Labyrinths soll so erfolgen, dass zugleich die Entfernung von Sequestern, Cholesteatommassung, etc., möglichst vollgtändig möglich wird.

Die Eröffnung des Labyrinths wird, wenn Fisteln nicht vorhanden sind, von denjenigen Stellen aus vorgenommen, an denen Durchbrücke aus dem Mittelohr in das Labyrinth am häufigsten zu erfolgen pflegen. Entsprechend der Rolle, welche die statischen Störungen im Krankheits bild spielen, beginnt die Eröffnung in der Regel am horizontalen Bogengang. Meist wird, wenn auf diesem Wege eine Vorhofseiterung nachgewiesen ist, eine breitere Eröffnung des Vestibulum durch Excision des Steigbügels und Erweiterung des Vorhofsfensters angeschlossen werden müssen.

Die alleinige Eröffnung des Bogengangs ist, wie anatomische Untersuchungen ergeben, nicht immer ausreichend, dasganze Labyrinth nach dem Mittelohr hin zu dränieren. Gegen die Labyrinthsymptome auf die Eröffnung des Dorhofs nicht zurück, und weist der Ausfall der Functionsprüfung auf eine mehr oder weniger vollständige Schädigung der Schnecke hin, ist die Eröffnung der Schnecke vom Promun-

torium aus anzuschliessen. Beim Vorhondensein von Pro-
muntoriums — Schnecken fisteln ist von vornherein in dieser
— Richtung vorzugehen. Die Gefahr einer Verletzung der
Carotis ist vermeidbar.

Bei tiefen Extraduralabscessen an der hinteren Pyramiden-
fläche und bie Kleinhirnabscessen kann, wenn sich bei der
Operation ihr labyrinthärer Ursprung herausstellt, der Vorhof
von hinten her nach Wegnahme des oberen, eventuell auch
des unteren vertikalen Bogengangs — eröffnet werden. Neben
der Gefahr einer Läsion des Sinus petrosus superior kommt
hier bei Hochstand der Jugularis insbesondere die Möglichkeit
einer Bulbusverletzung in Betracht.

Die Wahl des Instruments zur Eröffnung des Labyrinths,
Meissel, Fraise, ist unherchlich. Applikation von Andrenalin
erleichtert die Beurteilung des Beschaffenheit der Labyrinth-
wand (insbesondere der Fenstergegend).

Für die Nachbehandlung ergeben sich aus der Labyrintheröffnung besondere Modificationen der sonst nach Total-
aufmeisselungen üblichen Vorgebens nicht. Zu vollstaendiger
Offenhaltung der eröffneten Labyrinthhohlräume liegt nur,
so lange eine Dränage erforderlich ist, ein Grand vor (lose
Tamponade). Bei Cholesteatom insbesondere ist die sofor-
tige Transplantation auf breit fre liegende Labyrinthflächen
zulässig.

Effekt der Operation. — Wollkommene Heilung bei noch
rückgangsfähiger Erkrankung innerhalb des Arachnoideal-
raums; zuweilen temporärer Stillstand auch schon ausgebil-
deter Meningealeiterung. In den zur Heilung gelangenden
Fällen werden die Gleichgewichtsstörungen langsam, zuweilen später, als der sie begleitende Nystagmus, rückgängig.
Die Hörfähigkeit geht in der grossen Mehrzahl der Fälle
entweder bald nach der Eröffnung des Labyrinths, oder erst
im späteren Verlaufe verloren.

(Die Darstellung der Literatur wird der ausführlichen
Bearbeitung des Themas in den Verhandlungen des Kon-
gresses vorbehalten).

DIAGNOSTIC ET TRAITEMENT
DES SUPPURATIONS DU LABYRINTHE
(Résumé)

Par le D' **Von STEIN**, de Moscou.

M'appuyant sur les cas de *labyrinthitis purulenta* que j'ai observés dans ma clinique, j'en suis arrivé aux conclusions suivantes :

1° L'épreuve acoustique seule de l'ouïe ne dénote pas toujours la présence de l'affection purulente du labyrinthe parce que nous n'avons pas encore de méthode acoustique tout à fait sûre pour diagnostiquer les lésions unilatérales, surtout chez les enfants.

2° Dans tous les cas de *labyrinthitis purulenta*, les troubles statistiques ou dynamiques sont plus ou moins prononcés chez les adultes et chez les enfants même lorsque l'affection a un caractère partiel et superficiel.

3° Il faut distinguer la *paralabyrinthitis* (purulenta ou une autre forme), dans laquelle le processus se localise dans la capsule osseuse, de la *perilabyrinthitis* (purulenta ou autre), où le pus ou un autre exsudat est renfermé dans l'espace péri-lymphatique, la capsule osseuse étant ouverte ou fermée, et de l'*endolabyrinthitis* (purulenta ou autre), dans laquelle le pus ou un autre exsudat se forme dans l'espace *endolymphatique*.

La combinaison de ces trois modifications donne la *labyrinthitis* (purulenta ou autre forme) ou la *pantalabyrinthitis*.

4° Dans la *paralabyrinthitis*, les troubles de coordination ne se manifestent pas; ils sont plus ou moins marqués dans la *peri-endolabyrinthitis*.

5° Le secours de la chirurgie est plus ou moins en rapport avec les subdivisions mentionnées ci-dessus. Malheureusement, il est très difficile, faute de symptômes, de déterminer à l'avance l'étendue de la lésion. La nécrose du labyrinthe se manifeste toujours par des troubles labyrinthiques.

6° L'ablation des os du labyrinthe nécrosé doit s'opérer graduellement, avec soin, surtout chez les enfants, afin d'éviter de blesser l'artère carotide.

Dans la plupart des cas d'*endolabyrinthitis purulenta*, il suffit d'ouvrir le vestibule, de cureter légèrement, de saupoudrer d'iodoforme et de faire des pansements quotidiens.

7° Dans les affections périlabyrinthiques, lorsque la capsule osseuse est ouverte, on ne doit pas ouvrir les canaux semi-circulaires membraneux si l'on n'est pas sûr de la présence du pus dans l'espace endolymphatique.

DÉDUCTIONS PRATIQUES RÉSULTANT
DES CONNAISSANCES RÉCENTES
DE LA SUPPURATION DU LABYRINTHE

(Résumé)

Par le Dr **DUNDAS GRANT**, de Londres.

Il est certain qu'on a souvent passé sous silence la suppuration du labyrinthe, soit parce qu'on n'y avait pas pensé, soit parce qu'on n'avait pas cherché à la constater. Jansen et Lucae en ont découvert la fréquence relative. Les statistiques récentes de Whitehead indiquent une fréquence moins grande. La mortalité, de 50 o/o dans les cas non opérés, est réduite par l'opération à environ 20 o/o.

Ses rapports avec la méningite.

Statistiques indiquant le grand nombre de cas où des sujets atteints de suppuration du labyrinthe meurent de méningite (Jansen, 62 o/o ; Whitehead, 36 o/o de décès).

Fréquence des cas où la méningite otogène fatale résulte d'une suppuration du labyrinthe (Heine, 42 o/o ; Whitehead, 27 o/o).

Déduction pratique. — Le traitement d'une méningite séreuse doit comprendre (après l'opération mastoïdienne radicale), en plus de la ponction lombaire, l'ouverture du labyrinthe (Jansen, Brieger).

Ses rapports avec les abcès cérébelleux.

Fréquence des cas où la suppuration du labyrinthe est due à un abcès cérébelleux (Hinsberg, 12.5 o/o ; Whitehead, 54 o/o).

Fréquence des cas où l'abcès cérébelleux est dû à une carie pétreuse envahissant généralement le labyrinthe (Okada, 65 o/o ; Whitehead, 71 o/o).

Les autres abcès cérébelleux sont dus à une phlébite du sinus.

Déduction pratique. — Dans les cas d'abcès cérébelleux sans phlébite du sinus, on doit effectuer un drainage par une ouverture pratiquée dans la paroi médiane antérieure de l'antre et évider le labyrinthe ou tout au moins l'examiner avec soin.

PROPHYLAXIE. POUR ÉVITER LA SUPPURATION DU LABYRINTHE.

Traitement soigneux des suppurations tant aiguës que chroniques de l'oreille moyenne.

Ne pas différer l'opération radicale mastoïdienne, surtout si le malade éprouve des vertiges, vomissements, maux de tête ou nystagmus.

Éviter, en faisant l'opération mastoïdienne, d'endommager involontairement le canal semi-circulaire externe; diminuer aussi la contusion en employant la fraise rotatoire autant que possible et des ciseaux très aiguisés.

POUR DÉCOUVRIR UNE LABYRINTHITE LE PLUS TOT POSSIBLE.

Avant l'opération mastoïdienne. — Étudier l'équilibre du malade, le nystagmus, etc. Vérifier sa capacité d'entente pour différents sons, au moyen des conducteurs à air et osseux (ne pas se laisser influencer par l'épreuve de Weber).

Pendant l'opération mastoïdienne. — Examiner soigneusement les parties où le labyrinthe se trouve actuellement affecté (canal semi-circulaire externe, fenêtres ovale et ronde, etc.). Dans ce but, enlever aussi complètement que possible la paroi extérieure de l'attique (partie de la cavité tympanique située au-dessus du vestibule) et de l'éperon du facial, employer une lumière puissante et effectuer l'hémostase complète au moyen d'adrénaline. Se méfier de la présence d'une suppuration du labyrinthe s'il y a vertige, vomissements ou nystagmus qui ne puisse être attribué aux modifications constatées dans les cavités de l'oreille moyenne.

Après l'opération mastoïdienne. — Soupçonner la suppuration du labyrinthe si les symptômes de maux de tête, de pyrexie, de vertige, de vomissements ou de nystagmus persistent ou apparaissent.

A noter la ressemblance entre les symptômes d'une labyrinthite suppurative et ceux de l'abcès cérébelleux. Points de différence : la labyrinthite est beaucoup plus commune que l'abcès cérébelleux ; les deux paraissent ensemble parfois.

La labyrinthite suppurative est parfois latente, ne se révélant que par l'apparition de la méningite.

INDICATIONS POUR L'OPÉRATION.

En général, la certitude de la présence de pus dans le labyrinthe.

De graves symptômes labyrinthiens que l'opération mastoïdienne n'explique ni ne guérit, surtout s'il y a du pus dans la fenêtre ovale ou une raie noire venant du canal circulaire et visible au travers.

La présence ou la menace des symptômes de méningite, d'abcès cérébelleux ou cérébral, ou un abcès extra-dural de grandes proportions dû à une suppuration du labyrinthe.

Des modifications locales découvertes par l'opération, telles qu'une fistule indéniable et la suppuration.

En général, si le pus suinte, et surtout s'il sourd encore après avoir été essuyé, on doit en rechercher la cause (Ballance).

AVERTISSEMENTS.

L'évacuation du labyrinthe, à moins qu'elle ne soit nécessaire, ajoute aux risques de l'opération.

La suppuration est souvent bornée au canal semi-circulaire externe ; dans ce cas, la guérison est fréquente (Jansen).

La formation dans le méat auditif interne de tissus connectifs peut empêcher la suppuration du labyrinthe de s'étendre aux méninges (Schwartze).

On a tendance à prendre pour des fistules du canal semi-circulaire les ouvertures des cellules minuscules dans la paroi médiane antérieure (Friedrich).

La surdité nerveuse (nerve deafness) peut être causée par une lésion inflammatoire mais non suppurative du labyrinthe (Heine), et n'est donc pas, en elle-même, une indication probante.

POUR L'OPÉRATION.

La fraise rotatoire a été trouvée de la plus grande valeur pratique (Jansen, Boley, Lake, Milligan, etc.).

RESUME OF PRACTICAL DEDUCTIONS
FROM OUR RECENT KNOWLEDGE
OF SUPPURATIONS OF THE LABYRINTH

By Dr. DUNDAS GRANT (London).

Suppuration in the labyrinth has no doubt been often overlooked because not thought of or looked for. Jansen and Lucae have discovered its relative frequency. Whitehead's recent statistics indicate a less degree of frequency. The mortality without operation is about 50 o/o reduced by operation to nearer 20 o/o.

RELATION TO MENINGITIS.

Statistics of frequency with which subjects of labyrinthine suppuration die of meningitis (Jansen 62 o/o, Whitehead 36 o/o fatal cases).

Frequency with which fatal otogenous meningitis is due to labyrinthine suppuration (Heine 42 o/o, Whitehead 27 o/o).

Pratical deduction. — Treatment of serous meningitis should (after radical mastoid operation) include, in addition to lumbar puncture, the opening of the labyrinth (Jansen, Brieger).

RELATION TO CEREBELLAR ABSCESS.

Frequency with which death in labyrinthine suppuration is due to cerebellar abscess (Hinsberg 12,5 o/o, Whitehead 54 o/o).

Frequency with which cerebellar abscess is due to petrous caries, mostly with involvement of labyrinth (Okada 56 o/o, Whitehead 71 o/o).

The remaining cerebellar abscesses due to sinus-phlebitis.

Practical deduction. — In cases of cerebellar abscess without sinus-phlebitis drainage should be effected through an opening in the median wall of the antrum and the labyrinth evacuated or at least carefully explored.

PROPHYLAXIS. TO PREVENT LABYRINTHINE SUPPURATION.

Care in treatment of middle ear suppurations, acute as well as chronic. Perform radical mastoid operation in good time especially if vertigo, vomiting, headache or nystagmus are present.

Care in performance of mastoid operation to avoid damaging external semicircular canal unintentionally; also to diminish concussion by using the rotating bur (fraise) as much as possible and having the chisels very sharp.

EARLY DETECTION OF LABYRINTHITIS.

Before mastoid operation. — Study patient's equilibration, nystagmus, &c. Test hearing-power for various tones by air and bone-conduction (Do not be influenced by Weber's test).

During mastoid operation. — Examine carefully the usual sites of invasion of the labyrinth (external semicircular canal, *fenestrae ovalis* and *rotunda*, &c.). For this purpose remove as freely as possible the outer wall of the attic and the « spur », use powerful illumination and effect complete hæmostasis by means of suprarenal extract. Suspect labyrinthine suppuration if vertigo, vomiting or nystagmus are present and not accounded for by the changes found in the middle ear cavities.

After mastoid operation. — Suspect labyrinthine suppuration if headache, pyrexia, vertigo, vomiting or nystagmus persist or set in.

Note resemblance between symptoms of suppurative labyrinthitis an those of cerebellar abscess. Points of difference. Labyrinthitis much more frequent than cerebellar abscess; the two sometimes combined.

Suppuration labyrinthitis is sometimes latent, only revealing it self by the occurrence of meningitis.

INDICATIONS FOR OPERATION.

In general, certainty that there is pus in the labyrinth.

Severe labyrinthine symptoms unaccounted for or unrelieved by mastoid operation, especially if there is pus from oval window or black line shining through from semicircular canal.

Presence of or threatening of symptoms of meningitis, cerebellar (or cerebral) abscess or extensive extra-dural abscess traceable to labyrinthine suppuration.

Local changes found on operation such as unmistakable fistula and suppuration.

In general, if pus oozes, and especially if it wells up after being wiped away, it should be « followed up » (Ballance).

CAUTIONS.

Evacuation of the labyrinth, unless required, adds to the risk of the operation.

Suppuration is often limited to the external semicircular canal, a condition in which recovery is frequent (Jansen).

Labyrinthine suppuration may be prevented from extending to the meninges by inflammatory connective tissue formations in the internal auditory meatus (Schwartze).

Openings of minute cells on the medial wall of the antrum are apt to be mistaken for fistulae of the semicircular canal (Friedrich).

« Nerve-deafness » may be due to an inflammatory but non-suppurative condition of the labyrinth (Heine), hence not, as such, a strong indication.

IN THE OPERATION.

The rotating bur (fraise) has been proved to be of the utmost practical value (Jansen, Botey, Lake, Milligan, &c.).

TECHNIQUE DE L'OUVERTURE

ET DES

SOINS CONSÉCUTIFS DE L'ABCÈS CÉRÉBRAL OTOGÈNE
(Résumé)

Par le D' **Herman KNAPP**, de New-York.

Nettoyage et *désinfection* de l'oreille et de son pourtour depuis le vertex jusqu'à l'occiput.

L'ouverture de l'abcès se fait suivant *deux méthodes:*

1° Par le crâne avec un trépan à couronne, ou avec des gouges. (Méthode des chirurgiens.)

2° Par l'oreille. Recherche de la voie suivie par l'infection et ablation de tout tissu malade par l'évidement total des cavités de l'oreille moyenne. Entrée dans le crâne par le toit de la caisse et celui de l'antre. (Méthode des auristes.)

La *découverte du cervelet* se fait par une incision le long du bord postérieur de la mastoïde jusqu'au coude supérieur du sinus sigmoïde, prolongée le long du sinus latéral. S'il y a des phénomènes locaux de sensibilité, de motilité, ou des symptômes sensoriels, comme l'hémianopsie, l'aphasie, etc., on ouvrira le crâne à l'endroit indiqué par ces symptômes, au-dessus de l'entrée du méat externe. L'oreille est traitée à part.

L'évacuation du pus doit être complète, ce qui sera le cas si on laisse couler le pus tout seul, pourvu que l'ouverture soit assez large. Après l'évacuation, on pourra explorer l'intérieur de la cavité avec le doigt bien stérilisé. Un instrument fort utile pour examiner les parois de la cavité de l'abcès est *l'encéphaloscope,* inventé dernièrement par le D' Fred. Whiting, de New-York. Le maniement de ce spéculum du cerveau ressemble à celui du méat externe et du tympan. (Démonstration au Congrès.)

L'*irrigation* prudente est utile quand il y a écoulement abondant de pus. Si l'ouverture est béante, on n'a pas besoin d'introduire de la gaze ou des tubes à drainage.

Soins consécutifs. — Si l'évacuation est complète et s'il n'y a pas de complication, la guérison s'effectue sans incident.

Parmi les complications, la *hernie cérébrale* exige une mention spéciale. Elle se produit par le mécanisme d'un abcès secondaire, qui se développe au voisinage de l'abcès primitif. On le débridera, et la hernie se dissipera peu à peu, sans être excisée. Cependant, l'exérèse de la hernie s'impose quand elle est large, si la perforation du crâne est petite.

La complication la plus fâcheuse est le développement d'abcès secondaires dans la cavité du crâne. Ils s'annoncent par l'aggravation de tous les symptômes, et occasionnent la mort par encéphalite et méningite. Dès qu'on s'en aperçoit, on doit élargir l'orifice, ou faire une autre ouverture, par exemple à l'écaille si la première ouverture a été dans la caisse; explorer la cavité avec le doigt, ou mieux avec l'encéphaloscope, et inciser les nouveaux abcès.

Les abcès secondaires sont loin d'être rares. Si l'ouverture du crâne est large, les abcès secondaires en sortent avec le tissu environnant, et s'ouvrent spontanément si le couteau du chirurgien ne les prévient. Il est bien connu que les malades se rétablissent après l'évidement de l'abcès cérébral, mais ils succombent par les rechutes. Quelle en est la cause? Une ouverture insuffisante!

TECHNIQUE DE L'OUVERTURE
DES ABCÈS ENCÉPHALIQUES OTOGÈNES
ET SOINS CONSÉCUTIFS
(Résumé)

Par le Professeur **E. SCHMIEGELOW**, de Copenhague

1° A cause de l'impossibilité, habituelle, de déterminer d'avance la situation (cérébrale ou cérébelleuse) des abcès otogènes encéphaliques, on doit, dans tous les cas, intervenir d'une telle manière qu'on puisse chercher l'abcès aussi bien dans le cerveau que dans le cervelet.

2° L'anesthésie (l'éther comme le chloroforme) doit être employée avec de grandes précautions, car on connaît nombre de cas où son emploi, dans des cas d'abcès du cerveau, a causé la mort subite en paralysant la respiration.

3° Toute trépanation pour cause d'abcès otogène du cerveau doit débuter par l'ouverture totale de l'oreille moyenne.

4° Comme les abcès, tant cérébraux que cérébelleux, sont situés dans le voisinage immédiat de l'os affecté, le meilleur moyen de trouver l'abcès est d'élargir, aussi bien de bas en haut que d'avant en arrière, la place de la résection osseuse.

5° On fait une incision dans la dure-mère et on ouvre l'abcès à l'aide d'un bistouri. Le meilleur drainage s'obtient à l'aide d'un drain tubulaire.

6° Les meilleurs résultats obtenus sont dus au drainage de l'abcès, tant par l'os temporal attaqué que par une ouverture pratiquée à travers la paroi latérale du crâne.

7° Pour trouver les abcès cérébelleux situés vers la médiane, il faut les aborder à travers la base du rocher.

TECHNIQUE DE L'OUVERTURE
DES ABCÈS ENCÉPHALIQUES OTOGÈNES
ET SOINS CONSÉCUTIFS
(Résumé)

Par le Dr **Ricardo BOTEY**, de Barcelone.

CONCLUSIONS

1° Les collections purulentes intra-encéphaliques d'origine otique sont presque toujours péripétreuses et ne se manifestent que très rarement par des symptômes bien définis.

2° Sans attendre l'apparition des signes de certitude ou de grande probabilité, on doit agir le plus tôt possible en choisissant un procédé grâce auquel on puisse pénétrer dans la fosse cérébrale moyenne ou dans la postérieure. Ce procédé est mastoïdien ou temporo-mastoïdien selon les circonstances.

3° On commencera toujours l'opération par l'ouverture de l'apophyse et de la caisse, et de là on pénétrera dans la cavité cranienne, soit en haut, soit en arrière, en ouvrant, s'il est nécessaire, l'écaille du temporal à sa partie la plus inférieure et le plafond de l'antre ou la paroi supérieure du conduit à sa partie la plus externe.

4° Dans presque tous les cas, avant d'inciser la dure-mère et la substance cérébrale, on devra ponctionner le cerveau à travers la dure-mère intacte, dans le but de s'assurer de l'existence d'un abcès; car, une fois la dure-mère ouverte au bistouri, les conditions changent du tout au tout, et l'on s'expose positivement à une infection du cerveau et de ses membranes.

5° Les lavages de l'abcès cérébral doivent être absolument proscrits, même si l'on utilise le sérum artificiel, car les injections diffusent très facilement l'infection dans la substance cérébrale ou dans les ventricules et sont souvent cause d'encéphalite fatale.

6° Le drainage de l'abcès doit être fait avec plusieurs tubes minces de caoutchouc; ce drainage est une des difficultés du traitement des abcès cérébraux. La meilleure manière d'éviter la rétention purulente est de renouveler le pansement toutes les vingt-quatre heures.

7° La hernie cérébrale, complication assez fréquente des abcès cérébraux, se produit plus facilement quand l'ouverture dure-mérienne est large. Il faut donc que l'incision durale soit plus réduite que la perforation osseuse. L'infection des méninges et de la substance cérébrale par le pus des cavités de l'oreille est la cause principale de la hernie cérébrale; il est donc nécessaire que l'asepsie des pansements soit très rigoureuse.

8° La hernie cérébrale sera traitée par les soins rigoureux de propreté, par une compression modérée; et on ne fera l'ablation au bistouri de la portion mortifiée que lorsque le tissu cérébral se couvrira de bourgeons charnus.

9° Le pronostic de l'abcès cérébral, une fois ouvert, sera toujours réservé, car, malgré que l'on assiste assez souvent à une vraie résurrection des malades, un nombre assez grand de ceux-ci finissent par succomber tôt ou tard aux progrès de l'infection profonde, avec formation de nouveaux abcès, pénétration du pus dans les ventricules, lepto-méningite diffuse, etc.

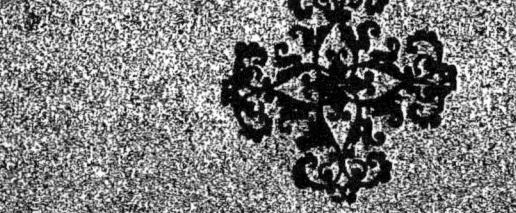

www.ingramcontent.com/pod-product-compliance
Lightning Source LLC
Chambersburg PA
CBHW060841180626
46818CB00004B/1534